SENTIMIENTOS DEL ALMA

Escribí pensando en ti

FÁTIMA PÉREZ BRAVO

Contenido poemario Sentimientos del Alma

Para ti

Fuente de mi inspiración,
esencia de amor sublime,
magia que alegras mi vida.
… cuando yo sólo existía
Tú me enseñaste a vivir….

Escribí pensando en ti

Amigo, Amante

Era febrero, mes del amor
en una noche de invierno
sentí tus brazos que me cubrían,
se iluminó mi cielo.

Sin palabras y sin promesas
te sentí tan cerca de mi corazón,
tu ternura lo decía todo
y en mí renació el amor.

Amigo amante, no sé cuánto tiempo
viva con esta pasión,
jamás te apartes de mi vida,
perdería la razón.

Y es que tu piel con la mía se nutre,
de esencia sutil se embriagan
lejos de ti no tengo sosiego,
ven amor, tráeme la calma.

Sentimientos del Alma

Pasan los días, las horas son eternas,
cuando tus besos no llegan a mi alma,
todo en mí se vuelve tinieblas,
porque eres mi sol y tu luz me irradia.

Amor de febrero,
fuente de mi inspiración
oasis en el desierto de mi vida,
amémonos sin temor
Amigo Amante y
hagamos derroche de pasión.

Escribí pensando en ti

Me encontró el Amor

Es un enigma el amor
aparece de repente
un suave roce de manos,
unas miradas candentes.

Fuego que enciende la piel
caricias, que marcan el alma
besos que envuelven pasión
delirio que enloquece y mata.

Eres fuente que calma la sed
vino que embriaga,
huracán que arrebata los sentidos,
despiertas, anhelos dormidos,
desatas lujuria y placer.

Te miré, encarcelaste mi alma,
sin promesas, ni tiempo, ni historia,
en tus brazos conocí la gloria,
Amor, navegante incansable,

sin brújula, sin puerto de anclar.

En alas de la libertad,
te disfruto a plenitud,
Amor bonito, amor
nútreme con tus besos,
detén el tiempo cuando estoy en tus brazos.

Pesadumbre

Entre abrí la puerta de mi memoria
vislumbré tu imagen
volví a mirarme en el verde
intenso de tu mar.

Me ata tu vida,
el ave canora de mi existir
anida el secreto de amor

Recreas mi alma
navegas en mis pensamientos
zarpaste de otro puerto
y anclaste en mi corazón

En alas del tiempo
desvisto mentiras
silentes encuentros
encendieron luciérnagas en mi piel.

Tormenta que me devora

Sentimientos del Alma

tenerte tan cerca y no
poderte tener

Impoluta mi desnudez
epidermis que reclama
apoyarme en tu regazo
que nos despierte el alba

Inmenso abismo
que se ufana
fragua que hiere
tiempo que recuerda

Al evocarte
mi alma se entretejió de pesadumbre
Fui dueña de todo
y nada a la vez

Te Amo

Eres luz en mi oscuridad,
paz en mi desasosiego.
Fuente que calma mi ansiedad.
alegría en mi pesar,
fortaleza en mi debilidad.

Magia que transforma mi vida
parte de este Universo
en el que vives y vivo.

Te amo
Porque cuando yo sólo existía
Tú me enseñaste a vivir.

Añoranzas

Y el atardecer de mi vida
lo llenas con tu dulce sonrisa,
diáfano rayo de luz,
enigmático y silencioso
eres así, mi amor misterioso.

Y en una noche bohemia
entre risas, interrogantes y copas,
se dio la cita anhelada
y la luna nos sorprendió
embriagados de pasión.

Locura le llaman algunos,
pero dulce locura de amor,
que te invade tu ser tan profundo
y te hace perder la razón.

No hubo promesas, no hubo historias,
solo el néctar de unos labios deliciosos
y dos corazones palpitantes,

Escribí pensando en ti
que sonaron al unísono
vibrando de emoción.

Fueron horas furtivas,
de robarle tiempo al tiempo
y en éxtasis de placer,
solo me queda la ilusión,
de repetir esta noche de pasión.

Amor de sonrisa fresca,
ni la edad, ni la raza, ni la religión,
podrían apartarte de mis labios
Y susurrarte llena de pasión,
que mi cuerpo te reclama anhelante.
Ven, nútreme con tu amor.

Amor

En el silencio del amanecer
invoco tu nombre amor
me haces estremecer
y le das vida al corazón.

Todos los seres te sentimos
con mayor o menor intensidad
y es que para amar nacimos
Así lo dispuso Jesús con su bondad

Amor, palabra suave al oído
que todo lo llena de esplendor,
ama el niño por ser niño
ama el hombre hasta en el dolor.

Yo te invoco, Amor, desde siempre
ven y habita en mi corazón,
que quien no ama, no vive
Yo quiero vivir este intenso amor.

Dónde estás…

Siente mi presencia

en la distancia

estar con alguien no es estar contigo

espacio y tiempo

mudos testigos

aquí

y ahora

en la realidad

de mis besos

¿Dónde estás cuando

en mis sueños no apareces?

Libertad

Libélula sin fronteras
amiga libertad
viajera incansable
sin anclar en puerto
sin faro de luz
sin amarras
la corriente arrastra
puerto-ancla
en espera de la brújula
de tu amor.

Irradiaste mi vida

Mi mundo parecía muy vacío

llegaste y en un jardín habitado

se convirtió

espacios abiertos

luna llena

sol---vida

fucnte fresca

Llegaste en el tiempo exacto

de las palabras y de los silencios.

Es un milagro la vida.

Amanecer y estar vivo
viajando a través del túnel
del desasosiego.

Navegar, zarpar, asirse
a la fe... a una esperanza
Taciturna al contemplar el cielo
cuántas más aumentaron...

¿Cuántos se fueron?
¿Cuántos se quedaron?
titilan más las estrellas
es que Tú te uniste a ellas.

Volaste al firmamento
aquí en el vasto horizonte

nube negra

cortinas de lágrimas

en los ojos

de los que viven con tu recuerdo.

Mágico encuentro

Recuerdas como fue nuestro encuentro...
casi sin palabras...solo vibrando en silencio
era algo inexplicable, mágico tal vez,
solo deseamos fundirnos en un solo ser,
extasiados de placer,
esencia sublime del amor,
ardiente sentimiento que Dios nos entregó.

La luna cómplice de los amantes
sonriente nos envolvió
con rayos de plata
fue testigo de nuestro amor.

Nos bebimos sorbo a sorbo
el néctar de nuestra piel
embriagados de pasión,
solo escuchamos nuestro corazón.

Desde aquel día,

Sentimientos del Alma

duermo contigo, me levanto contigo,
eres parte de mi vida
mi sangre fluye,
mi piel te reclama.

Amor sé que rebasé fronteras,
que para mí no existe el tiempo
imagino estar a tu lado
viviendo en tu pensamiento.

Cuando miro un niño, una flor,
el mar, el cielo,
te estoy mirando a ti....
Tú estás en todo para hacerme feliz.

Ahora espero con ansias, volverte encontrar
deslizarme suave en tus brazos,
y hablarle a tu alma, con el lenguaje universal
que sólo conocen los seres
que en verdad saben amar.

Enigma

¿Qué te une bien a mi vida?
Ilusión, ternura o pasión,
dudo que sea amor
porque enmudecen tus labios
temes herir mi corazón.

Tus miradas
ya no abrazan mi cuerpo,
tu voz, no acaricia mi alma,
siento el frío de tus palabras
estoy distante, en tus pensamientos.

No estás amor obligado
a entregarme momentos fingidos,
una caricia es mágica
y pertenece al ser querido.

Por un momento de pasión
podemos herir los sentimientos,
es un vacío que nos duele en el alma
cuando el amor hace silencio.

Sé feliz amor, en otros brazos
en aquellos que eligió tu corazón,
sólo viviré con tu recuerdo en paz,
La mentira terminó

Déjate amar

Déjate amar sin medida
permite que te tenga en mis brazos
nútrete con mi alegría
acarícíate en mi regazo.

Que contemple la luz de tus ojos
que me mire en el fondo de ellos,
que me deleite en el néctar de tus labios,
que me pierda en tu embriagante pasión.

Que recorra tu piel palmo a palmo
que desnude tu alma,
que escuche los latidos de tu corazón en mi pecho
que calme mi sed insaciable.

Déjate amar sin plazos
ni promesas que puedan olvidarse...
ámame sin prisa y sin temor
Sé mío en toda la extensión

Hondura

Corazón encendido
¿Por qué con tan poco palpitas?
Con infinita paciencia
esperas una conquista,
recorres, caminas,
descansas...
Y sientes de lejos
los lazos del amor.

Caminas hacia él presurosa
sólo huellas, encuentras
sólo huellas.
Y la risa sarcástica del viento
y en las noches...
el cántaro de la soledad.

Gira tu rumbo
Rosa de los vientos,
mira y dialoga con la luna
que espléndida se asoma.

Viaja en el Unicornio Azul,
Hondura, cruzas fronteras,
bebe, refresca,
tus sentimientos entrañables.

Allá a lo lejos
ese faro de luz
conciencia, dulzura,
esperanza,
sutilmente te acerca
de fiesta al amor.

Alma de poeta

Febril alma enamorada
desnuda campeas alegremente
te deslizas entre copas y caricias
eres torbellino incandescente.

Hilvanas con hilos de luna
tu corazón, al corazón de tu amado
te deslizas suavemente
ávida de placer
bebes del néctar de su piel
zarpas al amanecer
en la nave de tu libertad.

Alma de poeta
en cada verso te enamoras
inquieta abrazas las auroras
al vaivén de las olas de la mar
se mecen tus sentimientos
espumas, bruma del tiempo
ansiada cita

Sentimientos del Alma

con la soledad.

Alma de poeta

escribes versos en la nube

caminas descalza en corazones

amante de las pasiones

amas con mayor intensidad tu libertad.

Eres

Eres amado, aunque distante
amor viajero, incansable,
pocas veces eres residente
de almas sin guerras,
de abundancia sin hambre,
de luz sin sombras,
de esperanzas sin desilusión.
Oh, porque habitas
en camas de pétalos de rosas,
en copas de vino,
en cuerdas de guitarra,
en el suspiro de un poema,
en burbujas encantadas,
en almas enamoradas
Residente en mi corazón.

Ángel Divino.

Surcaba ya la aurora de verano
todo seguía su marcha igual
de pronto...un ángel apareció en mi vida
llenándola de luz y paz.

Sutil esencia de la vida
de miradas inquietas y profundas
era una imagen bendecida
de las que se contempla en hálito de día

Suave el roce de sus manos
dulces sus palabras
cual murmullo de agua su sonrisa,
así era aquel ángel que prodigaba caricias.

¿Era verdad o mentira?
la duda el alma estremecía
no quería despertar del sueño
y encontrar la imagen desvanecida.

¡Oh! regalo del Dios Divino
con el que premias a las almas buenas

Escribí pensando en ti
dame la dicha de tenerlo cerca
y ser parte de su vida terrena.

Es que sólo un ser del cielo
reúne cualidades excelsas,
eres esencia de la vida,
ángel perdido aquí en la tierra.

Si encuentras algún día el camino
en el que tengas que regresar de tu huida
recuerda, ángel bello, que devolviste
a un mortal su preciada vida.
¿Acaso se terminará la sonrisa?
¿O tu recuerdo le dará alegría?

Llegaste

Como el día sucede a la noche,
como las olas en el mar,
como el susurro del viento,
como lucero en el firmamento.
Llegaste.

Sin palabras, ni promesas
llegaste a mi vida
enigma del humano,
hoy vives en mi alma
Y eres misterio que asombra,
destino se te nombra.

Transformas una vida
en ti no existe historia,
en el hoy existes,
y eres por lo que vivo.

Ansias

Me envuelves con tu ternura

estar con alguien

no es estar contigo

espacio y tiempo

mudos testigos

aquí y ahora

en la realidad de mis besos

¿Dónde estás cuando

en mis sueños no apareces?

Vienes

Viajero del Unicornio Azul,
tocas las puertas de mi alma
tus miradas cubren mi desnudez.
tus palabras abrazan mi esperanza

Navegante de mis sueños
suelta las amarras de mi corazón
prisionera estoy en tus pensamientos
¡Libérame! ¡Oh príncipe de amor!

Escribí pensando en ti

Dulce visión

Mi vida es un desierto
que anhela beber
la fuente de la ternura

Un lienzo en blanco
sin memorias, ni recuerdo
si eres la sabia
que darás vida a la mía
¡Ven dulce visión!

Vivir

En este inmenso mar
de olas agigantas
todos gustan vivir
y sueñan metas doradas.

¿Qué es vivir para ti?
acaso ir navegando por allí
en busca de una ilusión
o entregar el corazón
por medio de una canción.

¿Qué es vivir?
Es observar la claridad del día,
es dialogar con una rosa,
es disfrutar de una mano amiga
y beber el cáliz del amor.

Vivir con valentía
sonreírle a la vida,
saber que la partida
te llegará un día

Por eso vivir, vivir significa
buscar y gozar de una compañía
que te brinde cada día
Amor a plenitud.

Eterno Amor

Al contemplar la inmensidad del cielo
oculto entre las nubes
etéreo, traslucido y sereno, te veo
cual suspiro embriagador
qué lejos y distante
estás eterno amor.

Desde un punto infinito en la tierra,
mil voces pronuncian tu nombre
solo el eco
de las montañas, desde sus entrañas
te llaman…y no respondes.

Amor, acaso estás oculto por quererlo
o temes al dulce olvido
jamás inquietes al corazón prohibido,
porque el dolor que causas al mortal
no tiene nombre.

Escribí pensando en ti

Arrullo de aguas marineras…
crepúsculo de tardes encantadas…
tienes la magia de las hadas enamoradas
y la fuerza del huracán sin calma,
así te recuerdo amor.

Amor, primero, único y profundo amor,
vives dentro del corazón,
cual hiedra sostenida en el alma,
me haces perder la calma,
ven amor, alivia mi dolor.

Sin nombre

¿Qué hay detrás de tu mirada
enigmática y misteriosa?
¿Qué encierra tu pensamiento que a veces
te siento tan cerca y tan lejos?

Una vida es un instante,
momentos de dicha y placer
Puede encerrar dolor cuando no se alcanza un querer.

Furtiva y repentinamente,
te llegó la pasión
se rebataron los sentidos,
se perdió la razón.

Aparece tu imagen como dulce visión
el corazón late más a prisa
despierta una gran ilusión.

Algunos la nombran:
Amor, pasión o locura

Escribí pensando en ti
Yo le llamo simplemente:
luz en la penumbra.

¿Qué hay detrás de tus ojos?
la verdad o la mentira,
Una aventura en tu vida
y un dilema en la mía.

Desazón

Hoy escribí en la arena
las gaviotas leen el quebranto
de fuego, ira y llanto
que brota del corazón.

Acaso el mar cada noche
recoge las querellas?
o son las estrellas
calmantes de la desazón

Se vive…en una selva de cemento
invadida por humanos
convertidos en buitres y gusanos
que destruyen sin razón

Tan grande su felonía
sin límites su maldad
hasta los rosales agonizan
frente a tanta crueldad.

Escribí pensando en ti

Servidores de justicia.
es una utopía
una estadística más
es una sagrada vida.

Enredada con silencios
la razón no se mendiga
la paz es un derecho
escrito por ahí está

Hasta el agua y el aceite
se respetan sus espacios
el sol se va al ocaso
permite a la luna salir.

Quién parió al engendro
que roba por un mísero peso?
las retorcidas entrañas
que la droga gestó

Señor
Tú que conociste la traición

Sentimientos del Alma
a manos de tus amigos
redime este cautivo
repara su corazón.

Repite hoy tu mandato
de amarse unos a otros
convierte a los insensatos
anida en ellos paz y amor.

Escribí pensando en ti

Y te llaman Amor

Miro a lo lejos el horizonte
apenas tu figura vislumbro
Oh, amor tenue. ¿Por qué huyes?
si eres el sustento del hombre.

Cual ave furtiva apareces,
apareces y otra vez te escondes,
en el ignoto olvido de corazones
anhelante de ternura e ilusiones.

En los albores de la vida
te anhelamos con fervor,
saciados con la miel de tu presencia,
Alivias el dolor.

Dulce encanto de las almas vivas,
fuente de frescura y placer
Amor, esencia de la vida
llenas a todo Ser.

Penumbra

Yo solía sonreírle al mar
dialogaba con su blanca espuma,
hoy la bruma cubrió mi voz.

Yo solía contar estrellas
vestirme con su brillo audaz
hoy mi ropa es manto oscuro…

Yo solía viajar con el viento
alegre el mundo recorrer
hoy estática veo paisajes,
alejarse en mi solaz…

Yo solía abrazarme con el fuego,
el calor abrigaba mi alma,
hoy el frío congela mis pensamientos,
no queda más ……

Yo solía conversar con las flores
sus colores me enamoraban
hoy densa neblina
su aroma silenció

Hoy sin querer,
la lluvia me agobia,
Hace estelas en mis ojos
cómo escampar la lluvia
si el sol se ha extinguido?

Hoy…de pronto….

Escribí pensando en ti

al Astro Rey oigo susurrar
¿Tú crees que a mí
me es fácil brillar?

Toma mi mano
Con alegría y paz
Vuelve a la vida
Ama, es tu misión
comienza una vez más…

Silencio

En el interior del alma
como un suave aletear
de mil mariposas escondidas,
se escucha incesantemente
¡Haz un alto en tu vida!

Un silencio sepulcral
todo lo envuelve,
bruma que cual serpiente furtiva,
a veces se va, a veces vuelve.

De pronto, piensas inquieto
¿Acaso es malo el silencio?
Te hace ver los escollos de la vida
descubre lo que vive y lo que muere.

Entonces, no...no es malo el silencio,

entre tanto y tanto ruido

pasa el tiempo y observamos,

que muchas voces se callaron,
aquellas que nunca escuchamos.

Yo te invito, amigo silencio,
para recordar al ser amado,
para saber que aún vivimos,

para encontrar en el camino
ese ansiado amor divino.

Silencio...raudales de silencio...
es lo que todos anhelamos,
entre tanto y tanto ruido,
para escuchar...yo te amo
que te da, el ser querido.

Devas

Con tu mirada
has iluminado mi alma
cual efluvio de olas marineras.
Tus palabras tienen el dulzor de la miel
tu sonrisa es mágica sinfonía
que alegra el corazón
Con tu encanto alfombras mi alma
¿Acaso pretendes mi vida poblar?
¡Oh mortal!
llenas de luciérnagas mi piel
con esencia sutil de los Devas
y el misterio del ignoto mar.
Dulce visión, así te veo...
cerca, distante, efímero, a veces real.

Escribí pensando en ti

Y mirando el mar

Absorta en la bruma del tiempo
entre el sol y luna
nave de ensueño
te busco…

Gaviota del espacio
la esperanza abraza mi agonía
junto al horizonte
la brisa de los soles
y un centenar de te quieros

Simbiosis de sol y viento
desnuda mi alma
encrespadas olas de mi corazón
atrapada en el azul del mar
en el azul que perdí

Y la noche desata lluvias en mi luna
noche de bohemia
sinfonía de sirenas
preñadas de ilusión
su encanto me envuelve

Aquieta tus aguas oh mar
gime el viento, la soledad grita
Te busco…
en la rosa del sur

en cada espacio herido de tu vaivén

Oh mar esta noche
seremos tú y yo
misterio, enigma
a lo lejos
fulguran dos luceros
Tú y la eternidad

Mientras juega el viento entre las olas
suavemente me abraza
el Universo de espumas

Escribí pensando en ti

Amar…Amor

Amar es un verbo
que conjuga con color:
sonrisas, besos y caricias
palabras llenas de esplendor.

Amor es el sentimiento
que te compromete cerebro y corazón,
por eso al equivocarte
ves al mundo con dolor

¿Cómo puede existir en la tierra?
Seres que lo disfrazan
con palabras envueltas en dulzura
que encierran el mortal veneno.

Ante tanta hipocresía,
muchos confunden el término
Y dicen que por amor traicionan
olvidando que Amor, es frase del cielo.

Y es que, de sangre de Judas,
muchos están cubiertos
proclaman amar sin medida
desean destruir una vida.

Solo el ser humano conoce el amor,
los demás son imitaciones,
personas carentes de Dios
por eso no permitas que te causen dolor.

Amar y amor no deben confundirse

Escribí pensando en ti

Acción y sentimiento alimentan una vida
quien te ama, te habla con el corazón
y en él jamás habrá mentiras.

Evocación

Quiero evocarte, así amado mío,
allá en el cerro alto de la frontera,
fuerte y gallardo, al aire libre
como una visión maravillosa
en dulce primavera.

Como añoro aquel pueblo pintoresco,
Aquel Charán testigo de nuestro encuentro,
el silencioso río que une las fronteras,
reafirman que Tú y Yo, somos almas gemelas.

Aún llevamos en la piel auroras encendidas,
momentos sublimes que nos regaló la vida,
aún escuchamos el susurro del viento,
con mensajes impregnados del "Yo te quiero"

Al sentir tus manos junto a las mías,
me das la fortaleza que mi corazón ansía.
eres esencia sutil que embriagas,
eres la razón de la paz de mi alma.

Cómo no recordar aquel paraíso
donde pude mirarme en tus bellos ojos
cómo no añorar sus calles y sus plazas,
testigos mudos de nuestro amor inmenso.

Bendigo las distancias recorridas, Amor mío
bendigo ese pedazo de cielo
Te bendigo a Ti.

Has llegado

Hay flores en mi desierto
las nubes rasgan sus cortinas,
el sol se manifiesta
Arco iris ya es mi mundo
escucho en el aire
sinfonías de amor,
murmullando entre dientes
la soledad se aleja,
Hay vida, risa, fuego, fantasía…
Porque has llegado hoy.

Te busco

Días convertidos en siglos
tu imagen impregnada en las nubes me acosa
siento que me duelen los recuerdos.

La fuente me habla
con el ritmo de tu voz,
el viento robó tu perfume,
todo huele a Ti.

Te busco …
en las aguas del mar
Y siento el néctar de tus besos,
en la inmensidad del cielo
que es la inmensidad de tu amor.

Invitación

Conocí sitios extraños,
que de magia se cubrieron.
descubrí nuevos caminos,
cubiertos de misterios

Por una invitación
entré a tu mundo,
entré a tu corazón.

Por una invitación,
desperté en tus brazos
temblando de pasión

Comprometí cerebro,
corazón y razón.
¡Por una invitación!

Oasis de vida

Me llena
tu mirada sin tiempo.
la desnudez de tu sonrisa,
que abraza sin tocar.

El eco de tu voz,
que atraviesa los cristales de mi alma.
Tus caricias que despertaron en mi
el erótico placer de amarte.

El tiempo se detiene
en el paraíso de tu habitación
siendo dueña de ti
embriagados de pasión

Misterio…enigma
Solos Tú y Yo
Te quiero para quererte
Sáciame de ti.

Cuando calle mi voz

Cuando calle mi voz
sentirás el vacío,
no habrá palabras
que acaricien tus oídos

Cuando calle mi voz
ya no estaré contigo,
serán otros labios
que dialogarán conmigo.
Cuando calle mi voz
comprenderás mi amor
y mis desvaríos.

Cuando calle mi voz
estará tan distante,
tu corazón del mío.
Cuando calle mi voz,
de mis pensamientos
habrás salido.
Cuando calle mi voz.

Despertar

De repente sientes oscurecer tu vida
todo se vuelve lúgubre y triste
pierde sus colores el arco iris
y las melodías ya no existen.

Te cubren la soledad y la tristeza
no permites que te irradie el sol de alegría
que tus ojos se llenen de dulce verdor
que la sabia naturaleza te entregó

De pronto…sientes latir en tu pecho
incesantemente tu bello corazón
te recuerda que aún sigues viva
que eres lo más hermoso de la creación

La fuente fresca, su música recobró,
vives y respiras llena de amor
Vuelves triunfante a emprender tu camino…
¡Un Ángel en tu vida apareció!

Rayos

Protección,
Sabiduría,
Amor,
Renovación,
Armonía,
Prosperidad,
Y Trasmutación
en gama cromática del día
Arco iris es ya mi vida
Arcángeles y Ángeles celestiales,
circundan a mi alrededor
música celestial ellos me brindan,
música que cada día me envía Dios.

A imagen de Dios

Hoy me he visto Divino Creador
siento latir mi corazón
mi cerebro recibe mensajes eternos
y en él se elabora el amor.

Mis ojos miran con ternura,
mis labios pronuncian alabanzas
son mis manos que acogen con cariño
al rico, al pobre, al adulto y al niño

Mis pasos me guían por senderos
que tengo que seguir. Oh mi Señor
anhelante buscando tu palabra
que dan y alivian mi dolor
Todo en mí se mueve, late
Cada órgano, sistema y tejido
Dicen que soy la Obra tuya
Fuente de luz y de sonido

Hoy me he visto Padre Amado
me he sentido y reconozco quien soy
ese cúmulo de amor y de riqueza
hecha con dignidad y dedicación.

Descubro mi importancia en el mundo
con mi plan de salvación

nada más agradable que ayudar,
acoger, comprender y dar amor.

Hoy me escucho y a mí se me escucha
eso es hermoso Señor
es tu pedagogía que nos legaste
el mirar en el prójimo, tu rostro, Creador.

FE

Altas borrascas envolvieron mi ser,
borrascas que serían solo mentiras
porque si mantenemos nuestra fe
siempre se iluminará nuestra vida

Esa fuerza interior que llevamos,
ese Cristo que vibra y que vive
que te pide mires de frente
y reconozcas tu gran energía.

Jamás debemos olvidar
somos la obra más hermosa de Dios
hecha a su imagen y con gran amor.

Esa es mi muralla invencible,
que cada día, enrumba mi vida,
que me hace fuerte por dentro
y me llena de alegría.

Amigo Jesús

Hasta tu nombre es dulce
pronunciarlo estremece mi ser
suave manantial de ternura,
eres Jesús, la fuente del saber.

El amigo íntegro y el compañero fiel
Espíritu de alegría y paz
Nos nutres con tus mensajes de vida,
Siempre muy cerca estás.

A tu lado nadie teme nada,
El mundo se llena de esplendor,
Tú lo iluminas todo, Maestro,
Oh Jesús! eres manantial de amor.

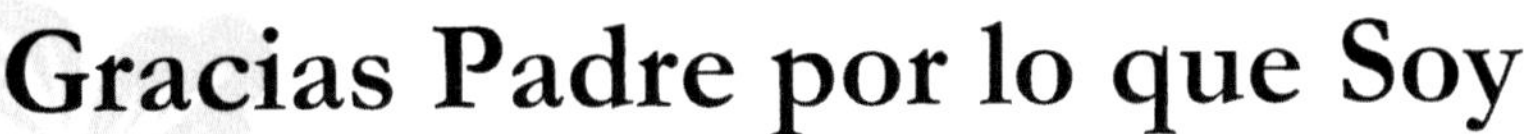

Gracias Padre por lo que Soy

Por tener vida y poder sonreír,
por tener amor y poder amar,
por tener a mis padres y vivir en familia,
por tener amigos y poder compartir.

Gracias por el calor del sol,
por el azul del cielo y del mar,
por el perfume de las flores,
por el sabor de las frutas
por el placer de pensar.

Gracias por la mirada serena
de nuestros abuelos,
la sonrisa de los más pequeños,
el trinar de las aves en todo momento.

Gracias Padre,
por haberme creado a tu imagen y semejanza,
por saber que cuento contigo a cada instante.

Soledad

Casi siempre apareces
en la vida de los mortales,
asustas a muchos
y a otras calmas sus males.

Te presiento, me visitas,
me haces meditar,
muchos no te comprenden.
Te conozco soledad.

Llegará el momento
en que te esperen con ansiedad.
Soledad, no es de temerte.
Sólo eres pasajera,
te vas y de pronto llegas.

Escribí pensando en ti

Mujer

Corazón sin cadenas
gaviota del espacio,
nube de pasiones
en un cielo estelar.

Voz que rompe los cristales
de las incomprensiones
risa que marca
la senda del dolor.

Huracán que destruye ingratitudes
bálsamo erial de las heridas
fuente que calma las tempestades
esencia de lucha
que alcanza las estrellas.

Soñadora de ojos abiertos
creadora de un milagro
al que le llaman vida.
Autora, protagonista, caminante,
de un mundo sin llanto
vertiente de ternura y paz.

Mujer aprendiz de estar viva
amante de oportunidades
en este mar feliz.

Fuerza que inspira a bardos
milagro real de la creación
que se levanta al atisbar
los rayos del sol
que lucha, trabaja y ama.

Mujer que en cada suspiro
le dice a Dios: Jamás te equivocas,
me hiciste mujer!

Y las flores se van

Pétalos mustios
colores del ayer
umbelas primorosas
que cegadas por la inclemencia
desfallecen.

Apariencia y realidad
flores y tiempo
alegres decoraban un jarrón,
una fotografía las recuerda
misteriosa vida que escapó.

Las flores y la vida,
sendas marchitas
transitadas por el hombre
misterio antropomorfo
que revela la inconciencia del corazón

Se ama y se destruye
laberinto inconcebible
sombra de una vida sin razón,
flores de ayer
pétalos que alfombraron mi amor

Te soñé

En mis sueños cada noche
te buscaba
en noches de luna llena
te soñé.

Sol y lluvia en el anhelo
de tenerte, recorrí.
Mi corazón te encontró
Te miré

Me abrazo ansiando estar a tu lado.
sin saber qué desea tu corazón
Y en medio del vaivén
de verte y no verte

Siento la nostalgia de tus besos
Y me refugio en el
recuerdo de tu amor.

Vino y pasión

Tiempo que pasa,
espera que duele
con ojos despierto
te engañó la ilusión.

No eres carne, eres perfección
Obra excelsa del Creador,
sientes dolor….
vino y pasión
en cuatro paredes la
dignidad se quedó

Tú, arquitecta de tu vida,
Tú, dueña de todo
dale sentido a cada latido
de tu corazón

Remonta tu vuelo,
águila del espacio,
no hay límites solo ceguera,
a la vuelta… el amor te espera.

Necesito soledad

Para encontrarme con el Dios interior
que me anima a continuar viviendo mejor cada día,
para pensar qué cosas buenas
nos ayudan a caminar,
en las que tengo que cambiar
para hacer felices a los demás.

Necesito soledad
para trazar nuevos caminos en la vida,
para aprender a valorar
a los seres de la creación.

Para escuchar el trino de las aves,
el ruido del río al pasar por su cauce.
Y el abrir nuevos pétalos las flores.

Para escuchar el clamor de mis hermanos
aquellos que solo quieren ser escuchados.

Escribí pensando en ti

María, Madre

Cual gotas de rocío,
tu esencia nos cautiva.
eres María, misterio,
amor, ternura y sonrisa.

De sutil divinidad
cubierta un día fuiste,
escogida por dulzura,
en Madre del Salvador te convertiste.

Destellos son tus miradas,
para irradiar a tus hijos,
tu mensajero, el viento
de tus promesas de amor.

María savia de vida,
mano que conduce hasta Dios,
contigo a nuestro lado,
jamás sentimos temor.

Escribí pensando en ti

Viaje al Infinito.

+William Cerna. 05/03/2020

Absorta contemplo
el dolor en el mundo,
hoy es mi propio dolor,
un horizonte negro
bruma que envuelve
galopando en las sombras
desolación, angustia y muerte.

Llora el llanto
agitase con mayor vigor
el ave inquieta que encarcela mi pecho
¿Acaso el cielo se viste con poemas?
o la luna y el sol entraron en litigio...

Aceptaste la invitación a lo desconocido
y hoy se visten de luto las letras.
Mi alma sigue muda
la felicidad se desposó con el silencio.

Incomprensible...

la vida es un suave respirar

un accionar y nada.

Acudiste presuroso, silente

con alegría de diáfana unción.

Apasionado, galante te visoro

en la amplitud del cielo,

absorto contemplando

la arquitectura móvil de las nubes,

componiendo versos,

defendiendo tu ideal.

Silencio sepulcral...

en el cielo alegría...

la Luz de Cristo te abraza.

Y en mi corazón Soledad…

Escribí pensando en ti

Te extraño papá

+06/05/2014

Duele tu ausencia Padre Amado
3036 días sin verte
te busco,
en el silencio del Universo.

Gime el viento,
la soledad me abraza,
el tiempo inexorable transcurre

El viento borró tus pasos
por donde anduviste,
nada borrará mi amor por ti.

Duele tenerte en mi corazón
y no poder abrazarte.
Se cerraron tus ojos,
ahora me miras con tu alma,
busco tus miradas

Sentimientos del Alma

en el fulgor de las estrellas.

Se que me escuchas,

porque hablamos a través del corazón

Ausencia… vacío

solo tus recuerdos lo llenan.

Me enseñaste a luchar,

a no rendirme, a ser auténtica…

pero te olvidaste

de enseñarme a vivir sin ti.

En el túnel del desasosiego,

siento la paz al saber

que te ganaste el cielo,

por tu bondad,

por ser maravilloso.

Hoy compartes

el banquete con Jesús,

Padre te recuerdo

con el mismo amor y dulzura,

Escribí pensando en ti

siempre vives en mí.

Te extraño papá. Te extraño…

A Gustavo Cañizares

Reunión de despedida,
antes de su viaje al infinito

Fuente fresca,
claro manantial
amigo de mil hazañas,
del compartir
de amores, historias y anécdotas,
de recorrer fronteras
del ir y venir cotidiano.

Amigo del inmortal pensamiento
de la poesía, enamorada, atrevida,
sensual, diferente,
de aquella palabra exquisita
que te dan el toque original
poeta de palabras conquistadoras

Arrebatas corazones
de Cuba, Colombia, Perú,
por doquier que pasas,
eres poeta que encanta.
Anidaste una paloma con ilusión,

Escribí pensando en ti
y atrapaste con tus versos
un nuevo corazón.

Amigo…Maestro
compartes tu sabiduría
faro de luz en nuestra vida.
admiro tu fortaleza
en esta despedida,
dejas la promesa
de resurgir en esencia.
Hasta pronto amigo,
Hermano, poeta
Cómplice de mis poesías.
Dios bendiga tu vida.

Padre

Faro que iluminas los días
crisol de valentía y bondad,
héroe de mil batallas
del hogar bienestar y seguridad.

Tus manos benditas
traen el sustento,
tu presencia calma
nuestra desazón.

Tus palabras abrigan
y protegen
Padre, obra excelsa
del Creador.

Si te ausentas
el alma se traslada
a un lugar desconocido,
dónde la música se convierte

Escribí pensando en ti

en llanto y

la tristeza

anida el corazón.

El sol se eclipsa,

si no estás Padre Amado,

hasta el arcoíris

pierde su encanto.

Es tan grande

tu misión de padre

que te permite

mirarnos desde

la bóveda celeste

Mi corazón te canta
en este día

con alegría de diáfana unción

Dios te bendiga inmensamente

mi primer y gran Amor

Orgullosa de llevar tu sangre,

tus principios y tu honor

Sentimientos del Alma

gracias por tanto Padre,

Imagen bendita de Dios.

Escribí pensando en ti

Volver

Enajenada en el dulzor de tus besos
eclipsé mi sol,
irónica realidad del ser,
querer, sentir, amar
y saborear la soledad.

Borrascas cubren mi cielo,
vientos de ilusiones pasan
adormecida por falso placer,
cerebro, corazón o sin razón.

Volver a la realidad,
vacío en el alma,
frío que estremece…
siento vibrar mi Cristo interno,
despierto a lo auténtico, lo real.
Soy, existo… vuelvo a la realidad,
cada intento fallido
fortalece nuestra existencia,
búsqueda, espera, confianza…

Escribí pensando en ti

frente a ti… lo anhelado está.

Tiniebla

Sombra furtiva
impulso primero
tormenta que mancha el corazón.

Tu presencia es mala consejera
inquietas al ser,
eres tiniebla
que no permite ver.

Alguien te dijo odio
tiendes a aparecer,
cuando existe rencor y venganza,
cuando se ha nublado la vida del ser.

Renuncio a tu presencia
jamás habitarás en mi corazón,
si alguien me lastima en la vida,
de respuesta obtendrá amor

Imagen divina

A mi madre

Fue Dios en su sabiduría
quien te hizo mujer,
te dio la imagen divina
de poder dar vida a un ser.

Madre, luz divina
cual rayo refulgente de sol
doquier tu rostro ilumina,
la soledad se vuelve alegría.

Àngel pródigo de caricias,
de miradas inquietas y profundas,
escudriñas el alma de tus hijos
y con tu don de sabiduría
le brindas seguridad a sus vidas.

Frente a ti no hay nada oculto,
alivio de tantos pesares

Sentimientos del Alma
tu fe y amor cicatrizan
del alma los más grandes males.

Y es que de Dios heredaste,
entrega y abnegación,
tu misión de madre la llevas,
como una dulce cruz de amor.

Madre, imagen divina
crisol de ternura y bondad
tus sabios consejos
como panal de miel en la vida
le dan ese toque de felicidad.

Jamás del mundo se alejen
la amiga, la madre, la esposa
sin su presencia pierden colores,
el prisma, el arrebol y la rosa.

Madre, imagen divina
cual vuelo suave de gaviotas

Escribí pensando en ti

tu presencia ilumina la vida,
por siempre seas, por Dios ungida,
Madre, ilusión bendita.

Maestro

Tú, que hilvanas letras
y entretejes pensamientos,
Tú, que a las hojas del árbol
las impregnas con palabras.

Tú, que eres oasis
en el desierto silente
de la ignorancia agreste.
Tú, que en una burbuja de ilusiones
construyes conocimientos.

Hoy absorto contemplas,
como tus ilusiones
se las lleva el viento.
Gigante de mil batallas,
encrespadas olas
en un mar turbulento.

¿Quién osa acallar tu voz?

Escribí pensando en ti

si eres hermano del viento.

Eres águila lo recuerdas,

otea libre el firmamento,

dejad que picoteen en el suelo

los que no conocen,

como ganas el sustento.

Tu vida está poblada de estrellas,

eres de la cuna de Jesús,

de Montessori y De La Luz y Caballero,

por estirpe ganaste

el nombre de Maestro.

Bendigamos juntos

las horas viajeras,

entre páginas llenas

de historias nuevas,

entreguemos esperanzas y primaveras

a cada lucero

que a vuestras manos llegan.

Sentimientos del Alma

De laureles tu frente

será coronada

con el oro galante de la inmortalidad,

en sinfonía de luz,

verde esmeralda

la fuente exclama...

Gratitud al Maestro que da libertad.

Escribí pensando en ti

A mis amigas C.E

¿Son Mujeres o son Ángeles?
Mis amigas Oh Señor,
excelsa, maravillosas,
solidarias, amorosas,
creativas, hacendosas,
inteligentes, glamurosas,
ingeniosas y divinas.

Oasis en el desierto de la vida,
manantial de aguas cantarinas.
Devas a su alrededor
al mirarlas observamos,
Irradian paz y amor,
transforman los pesares en dulzor.

Danzan al son de las caracolas,
al ritmo de las palmeras,
del cantar del viento,
hacen de la vida una fiesta.
Arco iris sus corazones,
Celosas vuelven a las sirenas

por su sinfonía de voz,
Hasta el murmullo de la fuente
Con ellas pierde esplendor.

De fortaleza revestidas,
en su noble labor
Cual abejas en colmena
tal parece que con magia
a todo dan solución
Umbelas de oraciones
elevamos al Señor
por su paz, por su ventura
porque perdure en ellas el amor.

Ternura

Dulce encanto
de nuestra vida
esencia de ternura y paz.
Ángeles que iluminan
con su sonrisa,
niños llenos de bondad.

Boquitas salpicas de azúcar
copitos de algodón sus abrazos
chispitas de luz que iluminan
cada día,
fuente que nos dan alegría.

Sinfonía de sirenas
es su dulce voz,
magia cantarina,
de juegos, travesuras y risas,
dan paz y sosiego a nuestra vida.

Sentimientos del Alma

Milagros del Creador.

Sol que irradian energía,

estrellas en noches frías,

amores pequeñitos

jamás se alejen de mi camino.

Se merecen solo el cielo,

nada, ni nadie eclipse su vida

sin su presencia el Universo,

su esencia perdería.

Escribí pensando en ti

A María Teresa

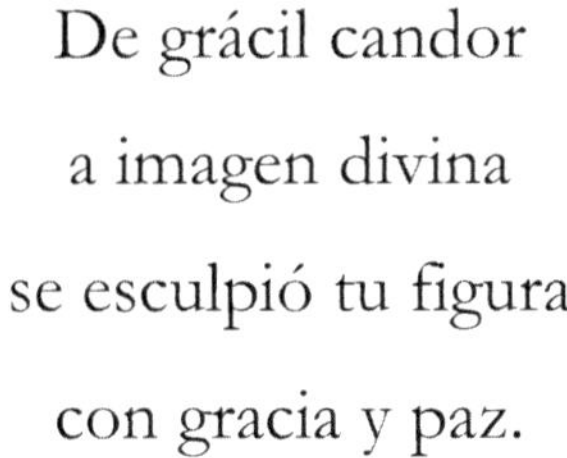

De grácil candor
a imagen divina
se esculpió tu figura
con gracia y paz.

Y fue un diciembre
día de María
que irradiaste al mundo
con tu despertar

Tú sonrisa fresca
tu mano abierta
cual umbelas de oración
alegras la vida
de tus amigas
porque eres oasis
porque eres dulzura
porque eres sapiencia
por tus palabras sabias
llenas de amor

Con sinfonía de las sirenas
hoy te decimos
a viva voz
que vivas muchos años
amiga bella y recibas
Bendiciones del Creador

Amiga

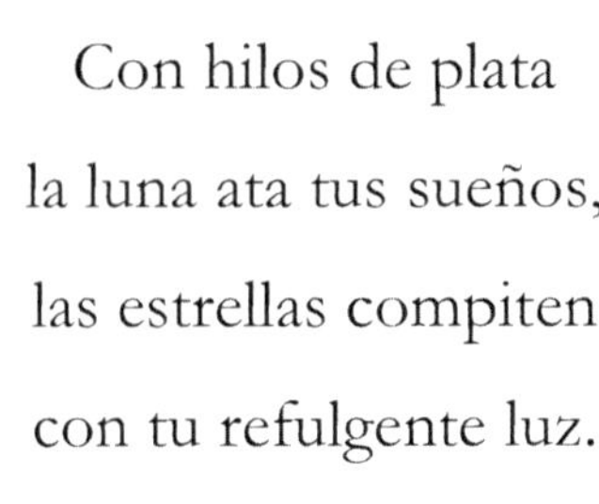

Con hilos de plata
la luna ata tus sueños,
las estrellas compiten
con tu refulgente luz.

Jamás se extinga
la magia que emanas,
por doquier que pasas
estelas de paz
dejan tus huellas,
que la felicidad
cual hiedra
se adhiera siempre a tu faz

Y el mar dibuja tu rostro,
el horizonte marca tu sonrisa
aromas los pensamientos
vida, tiempo, alegría.

Oteas en el horizonte,

Sentimientos del Alma

silente, amante,
estrella del norte
ufana y cantarina
eres milagro del cielo
esencia del Ave María.

Con el pincel del Señor
se esculpió tu figura
cascada de dulzura
te da el toque de gracia
dulce visión del cosmos,
Arco iris para tus amigas
Llena de bendiciones infinitas
.

Escribí pensando en ti

Colmena de Amor

Hilvanando ternura y amor
anidé en vuestros corazones,
esperanzas, risas y sueños,
enrumbando vuestro camino,
para que sean autores de su destino.

Encendieron el faro de su vida
y hoy en estelas otean el horizonte
el Universo conspira a su favor,
surquen espacios en raudales vuelos.
ser cocreadores es su misión de amor.

Umbelas de oraciones al Señor
Arquitecto de su existencia
Ángeles envía a su favor
a poblar de estrellas su suelo,
a reconocer lo grande de su esencia.

Cual águila que se eleva airosa.
que jamás aparta su mirada

a la tierra que las vio nacer
así Uds. escalen presurosos,
siendo gratos, amables y generosos

Guerreros de luz son llamados
a transformar el mundo en paraíso
tienen el haz de su cariño
y el fuego de la sabiduría encendido

Vuelen en cielo despejado
logren todo lo anhelado
no hay felicidad más grande
al verlos hoy realizados.

A mis compañeros Maestros

En la fuente del conocimiento
Jesús nos convocó,
aquí nos conocimos,
aquí surgió nuestra amistad.

Cada uno de nosotros
tiene su propia vida
pero nos une el camino
amando sin medida

A cada uno admiro
por esa entrega decidida,
son formadores del destino
en una misión bendecida.

Liberan el pensamiento del niño
de la ignorancia agreste del camino
entregan libertad
en aras de la paz.

Sentimientos del Alma

Sus corazones pletóricos de amor,
disfrutan con transparencia
por eso nuestra amistad
no la vencerá la indiferencia.

Cada uno de nosotros
con una anécdota pasada
llevaremos en el corazón,
nuestra misión encomendada,
Ser Pedagogos de amor.

Escribí pensando en ti

Colegialas

Muchachitas de miradas inquietas,
cual mariposas siempre traviesas
que esconden su gran corazón
temiendo ser descubiertas.

Mirarlas a ustedes es ver la vida
esencia de dulzura y encanto,
sus risas resuenan en el aula,
y todo a su alrededor se vuelve mágico.

Con acierto y sabiduría
buscan el néctar de la vida,
motivan a sus maestros
a prepararse cada día.

Caminen sin prisa niñas bellas,
Dios les reservó las estrellas,
en mujeres exitosas se convertirán,
sí caminan sobre sus huellas.

Escribí pensando en ti

En ustedes está la esperanza
de construir un mundo más unido,
donde no impere la injusticia y la ignorancia,
donde vivan en paz, comunión y alegría

Sientan la presencia de su Cristo interno,
Fuente de paz y de amor
vivan amando sin medida,
no se causen, ni hagan sentir dolor.

A Ti Maestro

Antorcha encendida
luz que ilumina
así eres maestro,
con alma de paz
de vivencias y lucha,
estudiante tenaz.

A Jesús imitaste
para hacernos triunfar
Gratitud
reconocimiento y honor
por tus horas compartidas
por entregarnos el corazón.

¡Salve Maestro!
de gloria inmortal
el mundo te reconozca
de grandeza sin par.

Escribí pensando en ti

A Mary

¿Qué si los Ángeles existen?
de eso doy fe…yo
Mary, mi dulce amiga,
que la tierra Dios me envío.

Desde niñas nos conocimos
y nuestra amistad creció
su fe me dio la fuerza
cuando mi vida flaqueó.

Mujer, de grandes virtudes,
Mujer de admiración,
alma generosa como pocas,
Obra excelsa del Seño.

Por sendas diferentes
un día nos encontramos,
con confianza las dos sentimos,
que con la otra siempre contamos.

Sentimientos del Alma

Cada frase y sabiduría
las llevo en mi corazón,
gratitud eterna amiga
Dios te colme de bendiciones

Que vuelva la Paz

Susurra el viento en el horizonte
nuestra alma absorta contempla
cómo se acallaron las voces
y truena feroz la violencia.

Se aquietan las hojas de los árboles
la fuente oculta su murmullo
se refugian las caracolas
las flores pierden su fulgor

¿Dónde se escondió el arco iris?
¿Dónde encontramos el amor?
cómo rompemos las barreras
que encerraron nuestro corazón.

La muerte gime en cada esquina
sostiene la bala veloz
no hay tregua en el día, ni en la noche
el ser humano se deshumanizó

Sentimientos del Alma

A Dios clamamos incesante
piedad y misericordia Señor
envía la paz a la tierra
transforma en alegría el dolor.

La paz es un mandato
que Jesús nos heredó
unamos los corazones
volvamos al amor.

Paz interior

Esencia de vida
Paz interior
quien te anida en su corazón
nada le eclipsa su sol.

Fuerza interior que ilumina
crisol tallado con fe
presencia de la Divinidad
solo en un alma de paz.

Es mi muralla invencible
que atesoro con amor
altas borrascas a mi alrededor
jamás bullen a mi alrededor.

Ni en gestos, ni en palabras
se permite la violencia
el ser humano es presencia
del mismo Cristo viviente.

Sentimientos del Alma

La paz vive en nuestro anterior
afuera ya se extinguió
Arco iris en nuestra vida
Devas a su alrededor.

Somos protagonistas
sin mera expectación
luces de mil colores
emanan del corazón.

Del ser que atesora
la paz y armonía
como dulce sinfonía
que irradia devoción.

Escribí pensando en ti

Martha Luciana

Nenita de grandes ojos
de miradas inquietas y profundas
tu sonrisa fresca y jovial
le dan a mi vida ese toque especial.

Linda reina querida
el día que llegaste
una dulce sonrisa
de música suave y deliciosa
envolvió nuestras vidas.

Boquita fresca y de miel
salpicada de sabores
tus juegos y travesuras
le dan a nuestro hogar sus colores.

Eres luz que ilumina
cada parte de mi vida
eres fuerza de mamá
impregnada de bondad.

Que nada ni nadie te haga daño
que seas feliz toda la vida
a Jesús oramos siempre
te proteja noche y día

Escribí pensando en ti

Mis Hermanos

Cuatro estrellas en mi camino
cuatro estrellas que Dios me entregó
para que sean luz en mi destino
y llenen mi vida de amor

Seres extraordinarios,
son mis hermanos, Señor
cada uno con su sabiduría
ejemplo de fortaleza y valor.

Los admiro y respeto
por su delicadeza y comprensión,
me aman sin medida
y me aceptan como soy

Benditos sean seres de mi alma,
de palabras y virtuosas
siempre mitigan mis dolores
y sutilmente me llenan de calma.

Compartiendo siempre viviremos
nuestras alegrías y nuestras penas
el amor que heredamos de nuestros padres
fortalecerá nuestra vida aquí en la tierra.

Escribí pensando en ti

A Victoria

Gaviota que surca el espacio
Sol que ilumina nuestra vida
inspiración del poeta,
sinfonía y aroma

Huracán en calma
sosiego del sediento,
Arco Iris en la penumbra
fuego y brisa

Eres Victoria,
Ninfa de las islas encantadas,
arrebol de atardeceres
rocío de la mañana
admiración de tus hermanos

Eres sino del destino
nos traes luz que destella
y enciende el amor

Sentimientos del Alma

hermana que enorgullece

nuestro corazón

¡Victoria! Hasta tu nombre

es triunfo.

Escribí pensando en ti

Beatriz

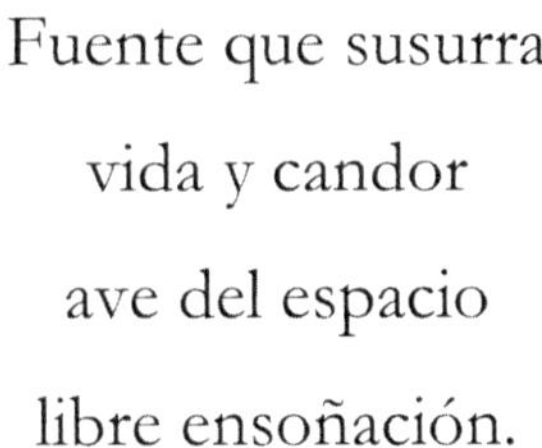

Fuente que susurra
vida y candor
ave del espacio
libre ensoñación.

Obra excelsa del Creador
sosiego en la vida
oasis en el desierto
de quienes aman

Abeja laboriosa
que a su paso
deja dulzor
así eres tú…

Crisol de ternura
naturaleza pródiga
hada del bosque
Ángel terrenal.

Vives cual hiedra

sostenida en el corazón de Dios

toda llena de esplendor

Así eres tú…

Escribí pensando en ti

Sonia

Niña de azares, dulce hermana mía
pura ternura tu espíritu resume
caminas presurosa por la vida
oteando cual ave el horizonte

Mujer de mil batallas libradas
Guerrera del Creador
eres admirada y bendecida
luz que irradia su esplendor

Bella, mujer sencilla y hermosa
te digo con todo el corazón
toda la felicidad del Universo
eclosione en tu vida majestuosa

.

Tus huellas desde niña las marcaste
esmerada por ayudar a los demás
porque de tu corazón solo fluye
raudales de amor y de bondad.

just love.
Coffe
life begins after coffee
do what you love

Escribí pensando en ti

En espera

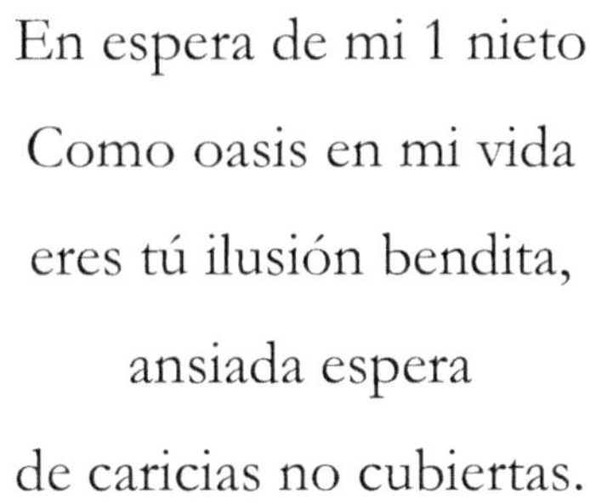

En espera de mi 1 nieto
Como oasis en mi vida
eres tú ilusión bendita,
ansiada espera
de caricias no cubiertas.

En las noches te sueño,
repaso toda tu anatomía,
veo como estrellas tus ojitos
y tu dulce sonrisita
trino que me alegra

Esculpido en el vientre de tu madre
seas varón o mujercita
vienes a llenar de dicha
el hogar de tu mamita.
Porque los niños son el cielo
y en el mundo luz bendita
su presencia ilumina
con luces infinitas.

Ya siento tus manitas
hechas de seda y miel
y tu voz que resuena
como música al amanecer.

Sinfonía de sirenas
entonen en tu nacimiento
y recibe bendiciones
dulce encanto de los cielos.

Te sigo imaginando
¿Será varón o mujercita?
La respuesta es la misma
ya te amo y aún no llegas
linda prenda pequeñita.

Escribí pensando en ti

A David Jophiel y Uriel David

Razones de vivir
alegría de mi corazón
son estos regalos
que Dios me envió.

Septiembre y noviembre
se vistieron de color
cuando nacieron mis niños
para darme su amor.

Sonrisas frescas
palabras tiernas
travesuras indescriptibles
así llenan mi amanecer.

Nutren mi vida
llenan mi hogar de color
mis Ángeles en la tierra
¡Cuánto los amo yo!

Sentimientos del Alma

De alegría contagiante

y ternura rutilante

cómo no agradecer a la vida

si ellos me llenan de paz.

Escribí pensando en ti

Navidad

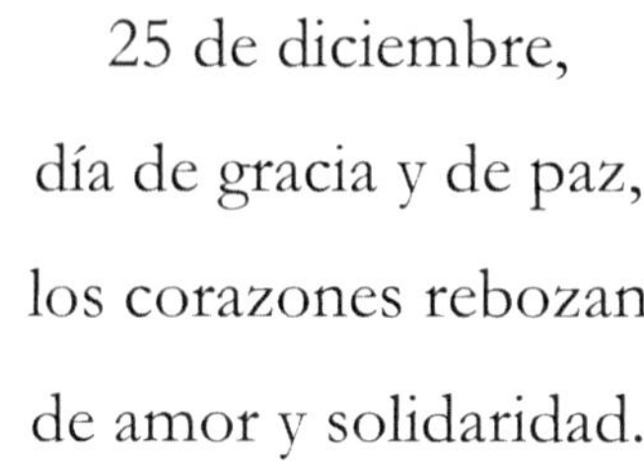

25 de diciembre,
día de gracia y de paz,
los corazones rebozan
de amor y solidaridad.

La Fiesta de Navidad,
nos llena de gran emoción,
es Jesús Niño que vuelve,
a nacer en el corazón.

Alegrémonos hermanos,
en este día de paz,
todos juntos celebremos,
que hoy es Navidad.

Luces por todos lados,
algarabía también,
es un compartir sagrado,
en este día de fe.

Cada año esperamos

con ansias Navidad

Y en cada hogar cristiano,

Jesús nace de verdad

Escribí pensando en ti

Reyes Magos

De Oriente vinieron,
con ofrendas de amor,
los tres Reyes Magos,
buscando al Salvador.

Cruzaron montes y llanos,
siguiendo la estrella,
en Belén la encontraron,
postrados adoraron
a Nuestro Redentor.

Esperanza de todos,
son tus regalos de amor,
oro, incienso y mirra,
Para quien su vida les dio.

Qué puedo ofrecerte,
Divino Creador,
mi paz, mi alegría,
mi promesa de ser mejor.

Volved Reyes Magos,
que el Niño nació,
dentro de nuestro pecho,
allí se quedó.

Escribí pensando en ti

Eloy Alfaro

De porte pequeño,
de un gran corazón,
insigne guerrero,
Viejo Luchador.

En alas del viento,
desvisto la historia
para conocer tus glorias,
de gracia inmortal.

De sabiduría sin límites,
proclamaste libertad,
de pensamiento y palabra
devolviste dignidad.

Uniste naciones,
con hilos de paz,
Soberano en tu Patria,
héroe inmortal.

Ejemplo de gallardía,
erradicaste la tiranía
ungido de valentía
a la mujer concediste,
sus sueños en realidad

Estudios, trabajo,
libertad de expresión,
libres de toda opresión
tus huellas las llevan
en el corazón.

Fue tu blasón el honor,
hidalga tu gallardía,
no declinaste jamás,
en dar a varias naciones
libertad.

Saboreaste la lealtad,
también la traición,
al igual que Jesús
los sentaste a tu mesa.

Al Panóptico te llevaron,
a tu fatídica ejecución,
con esto afianzaron
que te perpetúes como
hombre libertador.

Orgullosos de tu estirpe
al unísono proclamamos
"Cóndor de los Andes"
"Garibaldi Americano"

Vuélvete con los montoneros
A defender tu nación,
hoy sangra el Ecuador,
en manos del traidor.

Manta

Emerges del vientre del mar
cubierta de mantarrayas
el sol extasiado de tu belleza
tu imagen engalana

Las olas besan tus playas
gaviotas enamoran tu cielo
conjugas el mar con la naturaleza
¡Oh Manta ciudad de ensueño!

Con magia encantada
a propios y extraños cobijas
Puerto de prosperidad
barco en el que todos somos capitán.

Cien años marcan tu historia
ascendiste con magna gloria
ciudad resiliente
por el amor de tu gente
con hilos de oro

Escribí pensando en ti
escribe tu estirpe
cuna de Lligua Tohalli
Tierra de Concebí

La luna extasiada
se mira en tu mar
Manta Centenaria
Dios se recrea en ti
prosperidad y armonía
se aniden noche y día.

El amor de tu gente aguerrida
cultive por doquier la paz
en umbelas de oraciones
a Dios pedimos por tu bienestar.

Ceibo

De porte majestuoso
de forma indefinida
prodigas sosiego con tu sombra
al que llega a ti

Hay épocas que se te observa casi seco
de pronto reverdeces con esplendor,
jamás pierdes tu fuente de vida
al mundo devuelves su color

Quién no ha colocado tus copos
para descansar su cabeza?
Quién no te admira
por ser el árbol que inspira fortaleza?

Amigo ceibo, mi fuente de inspiración
llenas mi vida,
me transmites alegría y valor

Gaviotas

Cual umbelas en el aire
majestuosas se las ve
se nutren de la espuma
del vientre del mar…

Gaviotas de ensoñación
aletean al viento desafiante…
absorta las contemplo
y veo que hasta ustedes
bregan por el sustento.

Ejemplos de constancia
Gaviotas de mar y tierra
contagian mi vida
de fuerza y valor.

Tarqui

93 años de historia
engalanan tus calles
Oh Tarqui inmortal
otrora fuente de comercio
corazón del Manta señorial.

Al evocarte en mi memoria
veo tus playas hermosas
el ir y venir de tu gente afanosa
y pensar que fuiste golpeada,
en tu vientre sacudida.

Sucumbieron seres que te amaron tanto
surgiste de la nube del llanto
presurosa te levantas del quebranto.
bajo tu cielo azul nos cobijamos
y vibran de emoción nuestros corazones
Las gaviotas besan tu mar
ejemplo de constancia y bregar

Escribí pensando en ti

Al unísono hoy cantamos tus victorias
resiliente ante todo embate
proclamamos que anhelamos
la pureza de tu mar
de la mar de nuestra infancia
de castillos y bonanzas
que nos daban libertad.

Perlada de propios y migrantes
representas la esencia de nuestra estirpe
tu astillero, tus peces y tus playas
encierran lo ignoto de tu esencia
¿Dónde se ocultaron las caracolas
¿Dónde se fue el caballito del mar?
Dónde quedaron nuestros sueños de atarrayas
remanso de paz, de atardeceres y solaz

Mi Tarqui, tierra añorada
por tus hijos eres amada
triunfante y exitosa, vuelves a la vida
eres estrella que con tu luz abrigas
a tus hijos que salen a pescar.

Sentimientos del Alma

@fatimaperezbravo

Telf. +593997004247

Made in the USA
Middletown, DE
28 February 2023